Bruno

Impressum:

© 2023 Ümit Elveren

Herstellung und Verlag:

BoD – Books on Demand, Norderstedt
ISBN: 9783757859718

Wuf, wuf machte es jeden Morgen. Wenn Herrchen Otto seinem Liebling, Bruno, Leckereien gab. Dann freute sich der kleine Hund und wedelte kurz mit dem kleinen Schwanz.

Dann stieß, Herrchen Otto, behutsam mit seinen wackeligen Händen nach dem Hund, um es lieb und sorgsam über den Kopf zu streicheln.

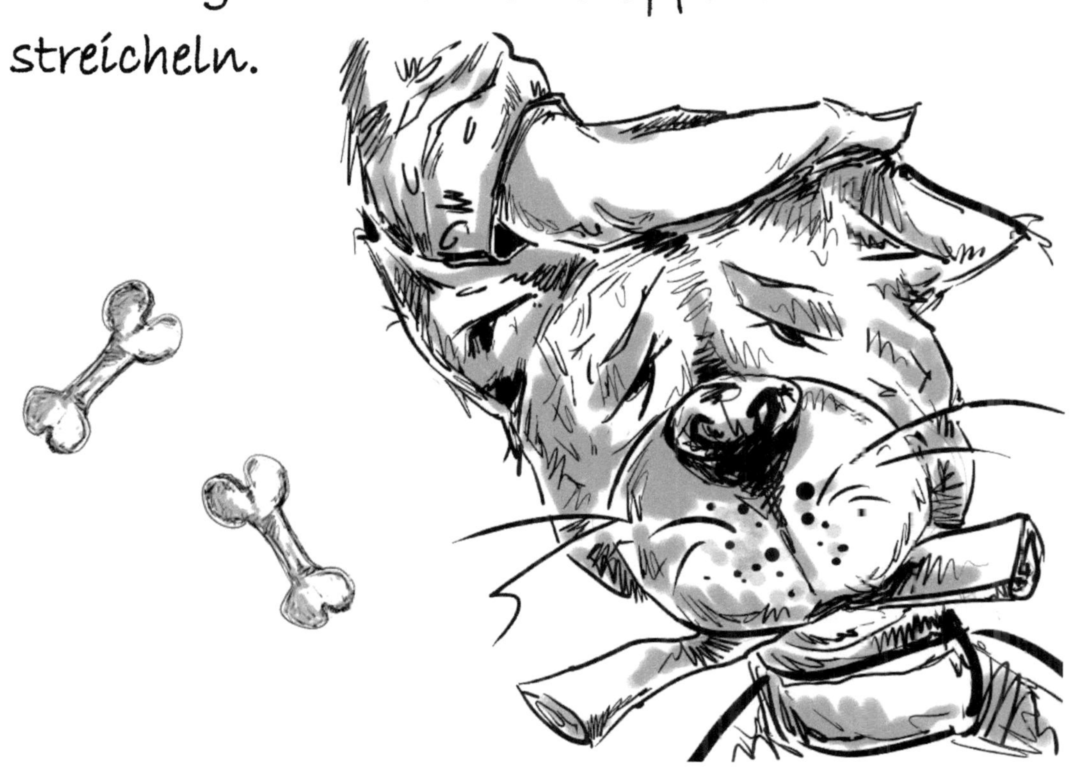

Das mochte der kleine sehr, so ließ
der Vierbeiner den Kopf hängen,
nahm die spitzen, strubbeligenohren
zurück und machte sich dann mit
viel Leidenschaft an den
Gaumenschmaus

heran.

Als es dann fertig war, nahm
Herrchen Otto, mit einem
klimpern am Halsband,
Bruno für eine ganze
Weile mit...

So konnte es Gassi gehen und bei Gelegenheit auch mal im Garten vor dem Haus buddeln und spielen.

Wenn Bruno dann fertig war, gab es eine Mahlzeit. Mit einem Napf Wasser und viel Futter, fing Bruno schnell an hastig zu fressen.

Während, Herrchen Otto, sich
die Pfötchen des kleinen Hundes
vornahm und sie sanft sauber
machte.

Als der Tag dann vorüber war,
schlief Bruno längst an seinem
Platz, so konnte Herrchen
Otto, auch mal selber
Platz machen und
ungestört in die
Röhre schauen.

Eines Tages, am Morgen, machte es wieder, Wuf, wuf. Bruno senkte die Hüften, machte sitz und wartete auf Herrchen. Aber niemand kam.

Bruno streckte seine strubbeligen
Lauscher bis ganz nach vorne, hob
die Schnauze und machte wieder,
Wuf, wuf. Nervös lief es auf und ab.
Mit der zitternden und feuchten
Hundenase versuchte
es Gerüche war
zunehmen.

Aber niemand war da. Wo ist nur Herrchen geblieben? Fragte sich der kleine Köter.

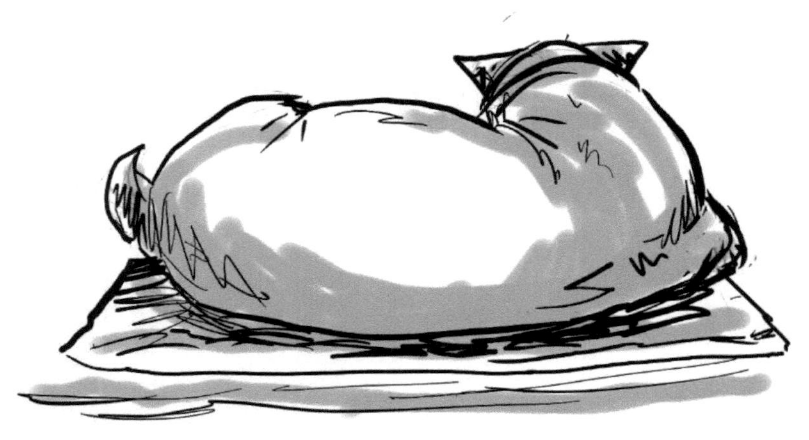

Als es plötzlich lauter wurde.

Viele Menschen, klein und groß, liefen schnell plump ins Haus. Im Flur, in der Garderobe, sogar auf dem Sessel, wo Herrchen Otto, seinen Platz einnahm, überall waren sie.

Alle streckten die Hände nach dem kleinen Hund. Sie stießen Laute von sich, auch Bruno stellte sich auf die Beine. Mit den Pfoten nach oben, suchte es im Getümmel nach Herrchen.

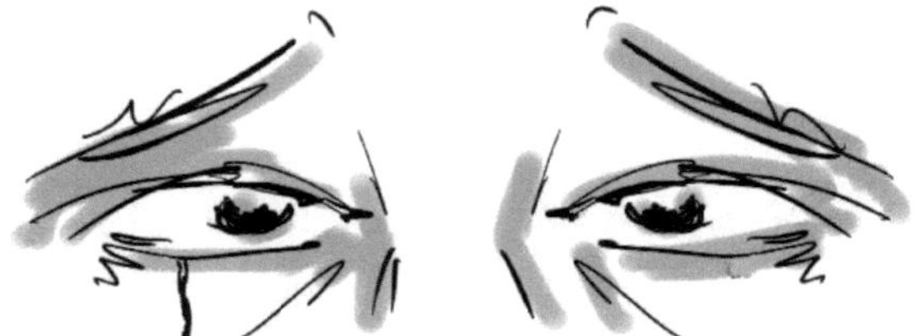

Aber Herrchen Otto war nicht mehr da. Was nun?

Als nach einiger Zeit sich der Lärm legte, nahmen sie mit einem klimpern am Halsband, Bruno dann schließlich mit.

Diese mächtigen Herrchen mit den großen Buchstaben auf den Jacken brachten den kleinen Hund zu seinen Freunden. Sie nannten es Hundeheim.

Jetzt ging es Bruno ja gut! Viele seiner Freunde kamen und rochen an ihm. Sie schnupperten, knurrten und einige bellten sogar.

Aber den kleinen Köter interessierte das nicht. Stattdessen saß es draußen hinter den Stäben und starrte in den blauen Himmel.

Den blauen Himmel, von damals im Garten. An dem Platz, wo Bruno immer buddelte und mit Herrchen spielte.

Immer auf der Suche nach Futter und ein bisschen Wasser jedoch war der kleine Bruno immer in Gedanken bei Herrchen Otto.

Bis es eines Tages Stimmen hörte.
Der kleine Vierbeiner kannte die
Laute sehr gut und witterte den
schönen Gerüchen nach, den auch
Herrchen Otto an sich hatte.

Ach, wie schön es war, die sanfte
Stimme zu hören, die sanfte Hand,
die den kleinen Hund hinter den
Stäben am Kopf streichelte und viel
Liebe sendete.

Plötzlich ging alles sehr schnell. Bruno kannte das Klimpern an seinem Hals sehr gut. Mit Freudensprüngen und mit einem Wuf, wuf, wuf dann, nahm die neue Herrin Bruno endlich mit nachhause. In das neue Heim.

Das Bäuchlein gefüllt mit Fressen,
war der kleine Hund jetzt sehr
müde. Da sprang es leise mit einem
Stoß auf das große lange Sofa, das
neben dem kleinen Tisch an der
Ecke stand. Mit
einem Bild von
Herrchen Otto darauf.

Es krümmte den kurzen Schwanz
zu sich, senkte müde den Kopf und
schloss langsam die Augen.

Vielleicht träumte Bruno jetzt von
den vielen Freunden, die er
kennengelernt hatte im Hundeheim.

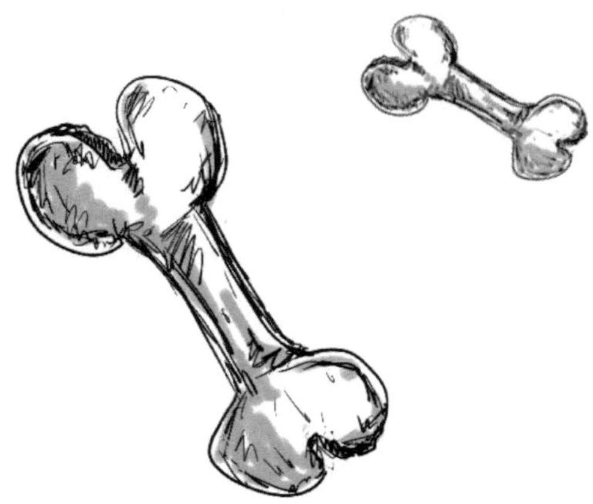

Vielleicht aber auch von den vielen Menschen vor den Gittern, welche zu Besuch da waren und ihn anschauten.

Bruno aber träumte von, Herrchen Otto, und dem schönen blauen Himmel da draußen im Garten vor dem Haus.

Ende